Der Killermasseur

Carl Laubersee

Der Killermasseur

Eine wahre Geschichte?

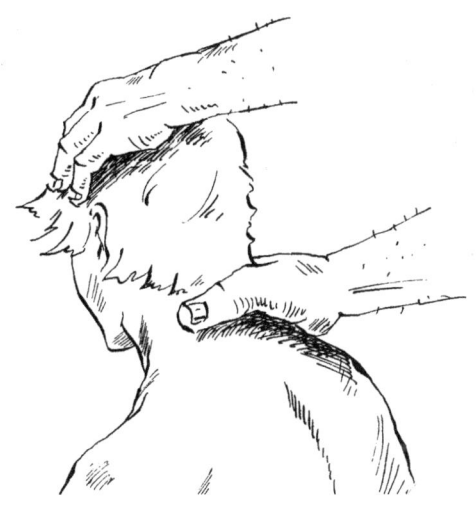

Bibliografische Information der Deutschen Nationalbibliothek
Die Deutsche Nationalbibliothek verzeichnet diese Publikation in der
Deutschen Nationalbibliografie; detaillierte bibliografische Daten sind
im Internet über http://dnb.d-nb.de abrufbar.

Satz, Umschlaggestaltung, Herstellung und Verlag:
Books on Demand GmbH, Norderstedt
ISBN 978-3-8448-2927-3

Eine wahre Geschichte?

Es war einmal ein »Starmasseur« mit Namen Alois. Er wurde auch »Abortdeckelmasseur« genannt, weil seine Hände derart groß waren. Deshalb bohrte er immer riesige Löcher in seine Hosentaschen. Die Hände hatten einfach zu wenig Platz, so rissen sofort die Säcke. Den Schlüssel musste er um den selten gewaschenen Hals hängen. Aber Kleingeld musste Alois nie einstecken, er war ja ein »Starmasseur«. Taschentücher kannte der »Abortdeckelmasseur« nicht, denn seine Hände sind zum Schnäuzen groß genug.

Milliarden von Viren und Bakterien durften wohlbehütet und gratis in den Handflächen wohnen. Zum Glück hatte er unter den Fingernägeln schwarze Ränder, so konnte man wenigstens das Ende seiner Finger erkennen.

Eine Armbanduhr trug Alois immer seltener, denn jedes Mal montierte er die Uhr verkehrt auf das Handgelenk. Der »Klodeckelmasseur« wunderte sich dann immer wieder, warum die Leute um 6 Uhr Mittagessen gingen. Der Hausmeister empfahl ihm, keine Uhr mehr zu tragen. Allerdings wunderten sich auch seine »Patienten«, weshalb Alois eine Sanduhr immer wieder umkehrte. Mit Datum und Terminen hatte er auch seine Probleme, er vergaß regelmäßig den alten Kalender zu erneuern.

Auf seinem ehemals weißen T-Shirt stand großspurig: »Alois hilft«. Die Hose des »nicht gestandenen« 1,80-Meter-Mannes war derart kurz, dass man meinte, er ginge auf Stelzen. Durch sein zynisches Grinsen erinnerten die Zähne an eine Geisterbahn und der Mundgeruch ähnelte einer Kläranlage. Der einzige, teils »zahnlose« Kamm verweigerte immer wieder seine Tätigkeit, die noch restlich verbliebenen Fetthaare kämpften ums Überleben.

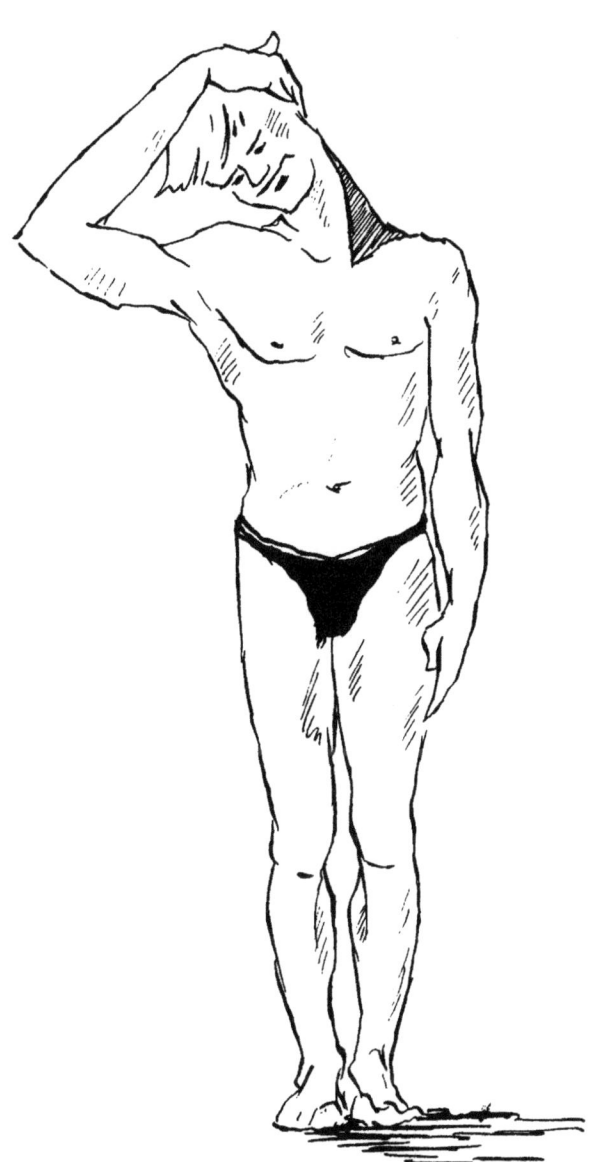

Alois beim »Dehnen«

Die Löcher in seinem einzigen gealterten Hosengürtel verklebte Alois, weil der nicht durchtrainierte Körper die ganze Gürtellänge verlangte. Mit den Holzschlappen Größe 50 verursachte Alois wiederholt beträchtliche Erdbeben, dadurch war der »Klodeckelmasseur« im Hause sehr, sehr beliebt.

Geradezu genial war sein wirtschaftlicher Handtuchverbrauch. Um die leintuchgroßen Handtücher nicht nach jeder Massage waschen zu müssen, hängte er Nummern mit einer Sicherheitsnadel an die Tücher. Manche Tücher hatten rote Flecken, denn es kam immer wieder vor, dass eine Sicherheitsnadel aufsprang und den »Patienten« in die Haut stach. Bis heute wurde nicht geklärt, ob die Kunden die »Akupunktur« bezahlen mussten. Der »Klodeckelmasseur« hatte um den Hals eine riesige Kette mit einem Kruzifix hängen. Nach Abschluss einer Massage drückte er immer das Kreuz auf den M. Glutaeus (Gesäßmuskel).

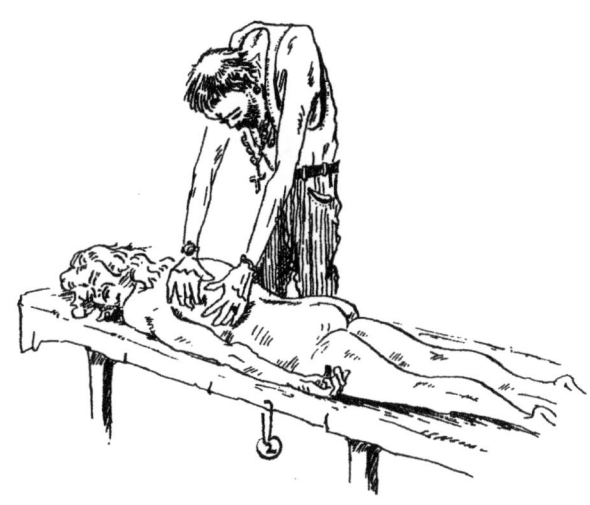

Dadurch war der »Patient« innerlich und äußerlich »geheilt«. Die selten gewaschenen Hand-Leintücher wurden mit der Zeit steif, so brauchte Alois die Tücher nur wie Pappendeckel zusammenzuklappen und platzsparend im »Sperrmüllkasten« zu verstauen.

Der als solcher kaum erkennbare Parkettboden krachte und knarrte derart, dass die Maus, die hinter dem »Sperrmüllkasten« hauste, jedes Mal einem Herzinfarkt nahe war. Den unruhig vor dem Massagetisch liegenden »Perserteppich« hatte »Abortdeckelmasseur« Alois als Geschenk von einer privaten Unfallklinik bekommen.

Als »Patient« staunte man nicht schlecht, wenn der Befehl kam, sich auf den Rücken zu legen. Denn oberhalb der Massageliege hing auf einer Wäscheleine seine gesamte Garderobe. »Gott sei Dank« bestand sie nur aus

Hose, Sakko, zwei Hemden und einem durchlöcherten, fast zu Tode gewaschenen T-Shirt.

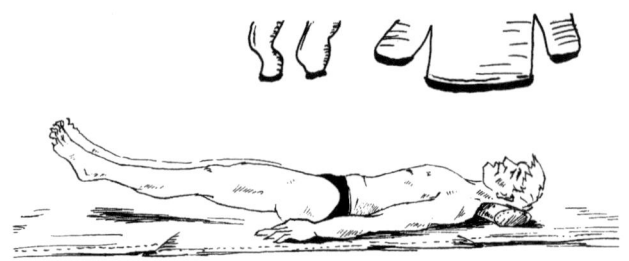

In einer als Büro getarnten Kammer thronte ein riesiger Alukessel. Masseur Alois »kochte« darin Fangopackungen. Und wieder konnte er seine geniale wirtschaftliche Begabung unter Beweis stellen. Der Fangobrei, den er mit einem Bambusstock anrührte, wurde alle fünf Jahre ausgewechselt. Den Bambusstock hatte er aus einem im Stiegenhaus ausgetrockneten Pflanzentopf entwendet. Die ehemaligen »Patienten« nannten den Fangokessel schlicht: »Latrine«.

Patienten, die zu spät kamen, mussten zur Strafe »Ballisitzen«

Ein äußerst ungünstiger Massagetermin war um ca. 13 Uhr. Alois kochte immer wieder zum Mittagessen ein Gulasch, das er zig-Mal in seinem verbeulten Campinggeschirr aufwärmte. Der »Klodeckelmasseur« kochte äußerst risikoreich, es besteht der dringende Verdacht, dass er manchmal Fango mit dem Gulasch vermischte. Die zum Teil verrostete, uralte Kochplatte stand nämlich neben dem Fangokessel. So entstand ein sehr »tragischer« Gestank. Wenn Alois zum Lüften das Fenster öffnete, fielen alle Vögel tot auf die geparkten Autos.

Neben dem einzigen Fenster, das nur mit Gewalt zu öffnen war, hing schräg ein beinah verwester Rahmen. Das darin verblasste Diplom bestätigte in Russisch den Doktor für Massage.

Die Heilmasseur-Prüfung bestand »Abortdeckenmasseur« Alois nicht. Er war nämlich der Meinung, Bandscheiben sind schädlich. Und zu viele Knochen verspannen die Muskulatur.

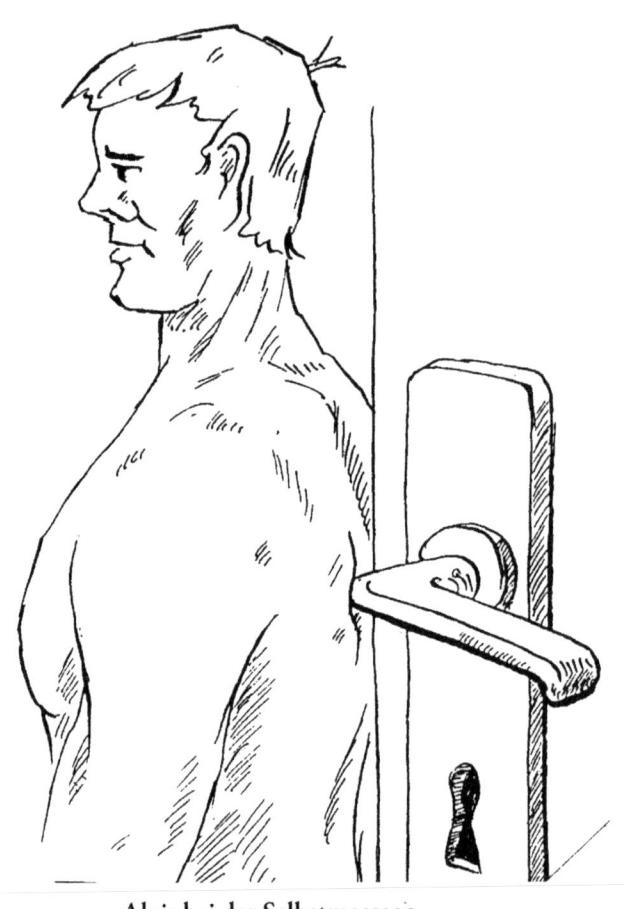

Alois bei der Selbstmassage

Alois hatte aber Glück, seinen Gewerbeschein für Massage »besorgte« ein »Freund«. Der Herr Kommerzialrat war Fußpfleger und Parteikollege. Er wurde auch »Fenstergucker« genannt, sechs bis sieben Stunden täglich schaute der fleißige Fußpfleger aus dem Fenster. Dabei rauchte der Herr Kommerzialrat eine filterlose Zigarette nach der anderen.

Österreich ist das einzige Land der Welt, in dem offiziell es einen Heilmasseur, einen medizinischen Masseur und einen gewerblichen Masseur gibt. Wie massiert ein Heilmasseur oder der medizinische Masseur? »Abortdeckelmasseur« Alois massierte jedenfalls extrem gewerblich.

Der Hausmeister wunderte und ärgerte sich oft. Aus seinem im Hof abgestellten Moped fehlte immer wieder Öl. Der wirtschaftlich geniale »Abortdeckelmasseur« zapfte das Mopedöl ab und vermischte es mit Massageöl. Ein reines Massageöl war ihm zu teuer.

Manche »Patienten« staunten über die unglaublich gute Durchblutung, wunderten sich aber, wie komisch das »Original-Alois-Heilöl« roch. Eine »Patientin« war geradezu vom Öl begeistert, beim Baden am See belästigte sie keine Mücke mehr.

Der »Starmasseur« bekam mehr Konkurrenz, so wurde seine Kundenkartei immer kleiner und kleiner. Physiotherapeuten mit ihren technischen Geräten waren plötzlich modern. Auch zu viele Masseure eröffneten eine Praxis. Schulden häuften sich an, die Zahlungsunfähigkeit war nur mehr eine Frage der Zeit.

Eines Tages saß Alois in seinem Stammlokal mit zwei Herren an einem Tisch. Der eine war ein arbeitsloser Metzger, der andere ein frisch schuldig geschiedener Laborant und Vater von drei minderjährigen Kindern. Alle drei Herren waren fast pleite und mussten monatlich mit wenig Geld auskommen. An diesem Abend versoffen sie alles, was sie noch hatten. Nachdem das Geld für 24 Biere und Schnäpse zusammengekratzt worden war, hatte Alois plötzlich eine äußerst teuflische Idee.

In einem anderen Stadtteil stand in der »Haidergasse« ein überfülltes Asylantenheim. Er bot den Asylanten eine Gratismassage an. Begründet wurde das Angebot damit, dass er gerade eine Diplomarbeit mit dem Thema »Muskelverspannungen bei Asylanten« schreibe. »Abortdeckelmasseur« Alois verteilte im Heim Visitenkarten und zeichnete den Weg zu seiner Praxis darauf. Handtücher brauchte niemand mitzubringen, und Leintücher wurden gratis zur Verfügung gestellt. Auch sein »heilendes« Massageöl spendierte Alois großzügig.

Eines Tages kehrte ein Asylant nicht mehr zurück. Im Heim wurde er als vermisst gemeldet. Der »Gratispatient« hatte die Praxis vom »Abortdeckelmasseur« Alois aufgesucht. Das war ein schwerer Fehler. In seiner Praxis mussten sich »Patienten« mit dem Kopf zur Seite auf dem »Behandlungstisch« hinlegen. Alois brauchte nur mehr mit seinen riesigen Händen einen von ihm nicht beherrschbaren chiropraktischen Griff anzuwenden.

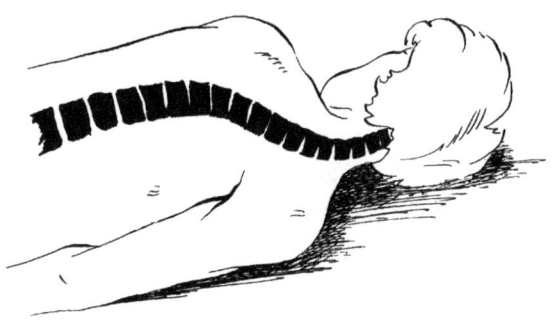

Als Anhänger der Humanmedizin tötete der »Abort-deckelmasseur« seine »Patienten« kurz und schmerzlos. Ein lautes unheimliches Krachen und das Genick wurde gebrochen. In Europa starben bisher ca. 60 Menschen durch Chiropraktik!

Jetzt wurde der arbeitslose Metzger aktiv. Er musste fachgerecht Leber und Nieren herausschneiden. Der geschiedene Laborant verpackte dann die Organe pro-fimäßig in bereitstehende Organboxen. Sein Job in der Universitätsklinik war nämlich »Organtransporteur«. Die Box wurde heimlich »ausgeliehen«.

Sein Chef, ein geldgieriger Professor, kaufte dem Labo-ranten Leber und Nieren günstig ab und befahl, noch weitere Organe zu liefern. Er musste dringend seinen Fuhrpark mit acht Autos auf weitere zehn erhöhen. Au-ßerdem kosteten ihn seine »Weiber« einiges Geld.

Der restliche Körper des ehemaligen »Gratispatienten« wurde vom Metzger in mehrere Teile geschnitten. Alois half den zerstückelten Körper und die Kleider in zwei Plastikmüllsäcke zu verstauen. Die Säcke wurden dann fest verschnürt. Sie setzten sich neben die Säcke und genossen eine Bierpause. Nach einer Weile (die Bierflaschen waren gierig leergesoffen) erstarrten Masseur Alois und der Metzger. Ein dummer, schwerer Fehler war ihnen unterlaufen: Wohin mit den Säcken?

Nachdem sie sich von dem Schrecken wieder erholt hatten, beschlossen beide, die Säcke in der Nacht unter dem rostigen Ausziehbett zu verstauen. Es läutete, endlich war wieder der Laborant mit einer beträchtlichen Geldsumme zurück. Der Erfolg wurde im Stammlokal ausgiebig mit Champagner gefeiert. Lallend hatte Alois plötzlich (wie Wicki und die starken Männer) einen Geistesblitz. Die Straßen in seiner Umgebung mussten regelmäßig wegen dringender Arbeiten aufgerissen werden. Verschiedene Leitungen wurden neu verlegt.

Eine gute Gelegenheit, die Säcke hier zu vergraben. Sie mussten nur warten, bis eine Baugrube mit Erde zugeschüttet war. Das darüber aufgestellte Bauzelt ermöglichte ein ungestörtes Schaufeln.

Zufrieden verließen die drei »Spezialisten« ihr Stammlokal. Der Laborant fuhr natürlich mit dem Taxi nach Hause. Alois und der Metzger gingen in die Massagepraxis.

Die beiden beschlossen, die Säcke um drei Uhr früh zu vergraben. Inzwischen verstauten sie den ehemaligen »Gratispatienten« unter dem Bett.

Da ihnen der Champagner langsam auch bei den Ohren herauskam, ähnelten sie »Scheintoten«. Alois lag auf seinem Rostbett, der Metzger bevorzugte den Massagetisch.

Wenn es eine Meisterschaft im Schnarchen geben würde, müsste Alois oder der Metzger Weltmeister sein. Allerdings so, wie der Metzger schnarchte, könnte man ihm einen Intelligenzquotienten von höchstens dreißig zutrauen. Sein Kampf mit der Massageliege war äußerst spannend. Fällt er oder fällt er nicht?

Das Bett von Alois quietschte und quietschte wie ein altes Hausboot. Sein »bretterähnliches« Leintuch verstärkte die unangenehmen Geräusche nervenzerreißend. Die Hausmaus musste sich den Käse in die Ohren stecken. So konnte sie halbwegs schlafen. Die Vorhänge bewegten sich derart unheimlich, dass der sonst gelassene Weberknecht Reißaus nahm. Das Laternenlicht von der Straße versuchte immer wieder, den ölverschmierten Boden zwischen dem freien Vorhangspalt zum Glänzen zu bringen.

Die medizinische Lampe an der Decke schämte sich derart, dass sie sich vornahm, nie mehr zu leuchten.

Eine Weile später wachte der Metzger auf, er musste dringend auf die Toilette. Im Dunkeln versuchte er seinen Weg zu finden, die Lampe verweigerte ja ihren Dienst. Das Verlassen des WC war ohne Aufsicht eines Rettungsschwimmers ein großes Risiko.

Mit Müh' und Not kletterte der Metzger mit feuchten Socken auf seine Schlafstelle. Die Weltmeisterschaft im Schnarchen setzte sich rekordverdächtig fort.

Plötzlich ein durch Mark und Knochen gehender Schrei. Alois erwachte nach einem Albtraum um drei Uhr, in Champagner-Schweiß gebadet: Asylanten hatten ihn mit seinem Heilöl zu Tode massiert. Anschließend wurde sein Kopf im Fangokessel weichgekocht.

Zugleich – was besonders unheimlich war – läutete um Punkt drei Uhr ein Wecker. Es gab aber in der Massagepraxis keinen Wecker, nur eine Sanduhr. Masseur und Metzger mussten ja um drei Uhr früh die Säcke vergraben. Wollte der getäuschte »Gratis-Patient« endlich von der Massagepraxis wegkommen und begraben werden? Seltsam war die Tatsache, hat die Uhr des Toten seinen Mördern geholfen? Mit Garantie hätten die beiden verschlafen!

Einer der Plastiksäcke war aufgeplatzt und der linke abgetrennte Arm fiel auf den Boden. Die vergessene Armbanduhr läutete genau um drei Uhr.

In Panik verstauten sie den Arm und die anderen Körperteile in einem neuen Sack. Die Armbanduhr wurde diesmal sofort abgenommen.

Aber in dem zweiten Sack vergaßen sie etwas Gravierendes.

Alois und der Metzger praktizierten eine morgendliche »Katzenwäsche«. Zähneputzen war sowieso sinnlos, da die drei Jahre alte Zahnbürste ohnehin nur noch sechs Borsten hatte. Bei den Haaren von Alois verweigerte der beinahe zahnlose Kamm nach wie vor die Arbeit. Der Metzger brauchte überhaupt keine Haarpflege. Zum Frühstücken war keine Zeit, so ist man mit einem zwei Jahre alten knallharten Zwieback zufrieden. Ein drei Tage alter Kaffee wurde gekostet, der Rest verschwand umgehend im Waschbecken.

Alois zog sich rasch sein einziges dickes Paar Socken über. Seine Schlappen hätten zu viel Lärm im Stiegenhaus verursacht.

Nun schlichen Alois und der Metzger so heimlich wie möglich mit den zwei Säcken durch das Stiegenhaus. Ein Aufzug war in dem alten Haus nicht vorhanden. Alois musste aufpassen, dass er nicht mit seinen »Lochsocken« ausrutschte. Der Metzger mit seinen geschwollenen Champagneraugen wäre ohne »Blindenhund« Alois aufgeschmissen gewesen.

In dem dunklen, von der Straßenlaterne geizig beleuchteten Stiegenhaus wirkten beide wie Figuren einer Geisterbahn. Nur die Alkoholfahne deutete auf Menschen hin.

Beim Hauseingang angekommen hielt einer Ausschau.
Die Baugrube mit dem Zelt war praktisch genau vor dem
Haus. Endlich im Zelt begannen sie mit dem Schau-
feln. Die Arbeiter lassen meistens die Arbeitsgeräte über
Nacht zurück, so konnte sich jeder bedienen.

Nach kurzer Zeit war die Grube groß genug. Die
Säcke wurden hineingeworfen und eilig zugeschüttet.

Die beiden mussten höllisch aufpassen, dass sie nicht die neue Gasleitung beschädigten. Ein nervöser Links-Rechts-Blick aus dem Zelt, und in rekordverdächtiger Zeit erreichten sie das Haus. Und verschwanden lautlos im dunklen Stiegenhaus.

In der Massage-Praxis angekommen, waren sie derart erledigt, dass nur mehr ein »Schnapserl« (oder mehrere) helfen konnte.

Alois legte sich auf sein rostiges Ausziehbett und der Metzger missbrauchte den Massagetisch als Schlafstätte. Es wurde wieder spannend, fällt er vom Tisch oder nicht? Jedenfalls wurde die Weltmeisterschaft im Schnarchen fortgesetzt.

Wochen vergingen, im Asylantenheim waren abermals zwei Bewohner abgängig.

Alois hatte inzwischen genügend Geld. Plötzlich wurden der Stammtisch und sein Freundeskreis immer größer. Von einem Sozialversicherungs-Ambulatorium gesellten sich einige dazu. Die Heilmasseurin Paula, auch »quatschende Deckenpaula« genannt. Sie war in der Lage, den ganzen Tag ununterbrochen auf Patienten einzureden. Die Armen wurden auch mit dicken »Sozialdecken« zugedeckt. Vielen wurde zu warm, denn auch im Sommer mussten sie sich die »Zwangsjacke« gefallen lassen. Widerspruch oder Aufmucken war bei der »Schnellsieder«-Heilmasseurin zwecklos.

»Schnellsieder-Heilmasseurin« Paula

Erich, auch »Ölreiber« genannt, war staatlich geprüfter Heilmasseur und Krankenpfleger. Er schüttete »literweise« Massageöl auf den Rücken der Patienten. Die Behandlungszeit dauerte zehn Minuten – bis er das Öl mit Papier wieder vom Rücken entfernen konnte, verging die ganze Zeit. Er war überhaupt ein »fauler Hund«.

Erich massiert für die Luft

Physiotherapeutin Reingard, »Tschickreini« gerufen, erlaubte sich eiskalt, während der Ultraschallbehandlung vor den Patienten zu rauchen! In der Therapie war »Nebel« und es roch nach kaltem Rauch. Es gab Patientinnen, die während der Behandlung mitrauchten. Auch Kaffeetrinken während der Arbeitszeit gehörte zur Selbstverständlichkeit. Ob ihr Wunsch, einen reichen Arzt zu heiraten, in Erfüllung ging, ist bis heute unklar. Sie war geradezu süchtig nach einem Doktortitel. Es bestand der Verdacht, dass »Tschickreini« bei Patienten ohne Titel das Ultraschallgerät überhaupt nicht eingeschaltet hat.

Ultraschalltherapie

Ein Ambulatorium für die gehobene Klasse. Wo ausschließlich Politiker, Kirchenfürsten, Monarchen, Filmschauspieler und sonstige Übermenschen »behandelt« werden, war die Vision eines Träumers.

Spätestens nach einem halben Jahr bettelte er um einen Kassenvertrag. Die auch in Österreich selbstverständliche Korruption betrifft besonders Tirol und »bescherte« ihm einen Vertrag. Die private Krankenanstalt musste regelmäßig Patienten mit der Rettung in die Notfallaufnahme des Krankenhauses bringen lassen. Um Kosten zu sparen, wurden Lehrlinge auf die Patienten losgelassen!

Notfallpatientin

Dem Größenwahn und Maßlosigkeit verfallenen Anstaltsträger wurde der Stammtisch verweigert. Sogar dem »Abortdeckelmasseur« Alois und »Kollegen« war dieser Herr äußerst unsympathisch.

Inzwischen ist klar geworden, warum der Tote auf sich aufmerksam gemacht hat. Mit letzter Kraft boxte er seinen Arm mit der Uhr durch den schwarzen Plastiksack. Seine Peiniger durften niemals den 3-Uhr-Termin verschlafen. Es war womöglich die einzige Chance, dass die Mörder und ihre Helfer gefasst werden?!

Im Stammlokal wurde munter gefeiert und gefeiert. Auch die Physiotherapeutin vom Herrn Professor kam auf den Geschmack (sie glaubte nämlich, dass sie doch eines Tages »Frau Professor« heißen könnte). Die Arme wusste nicht, dass ihr Chef »an jedem Finger eine« hatte. Jedenfalls hatte die Geldgier alle erfasst – munter ohne Leistung dahinzuleben, eine tolle Sache.

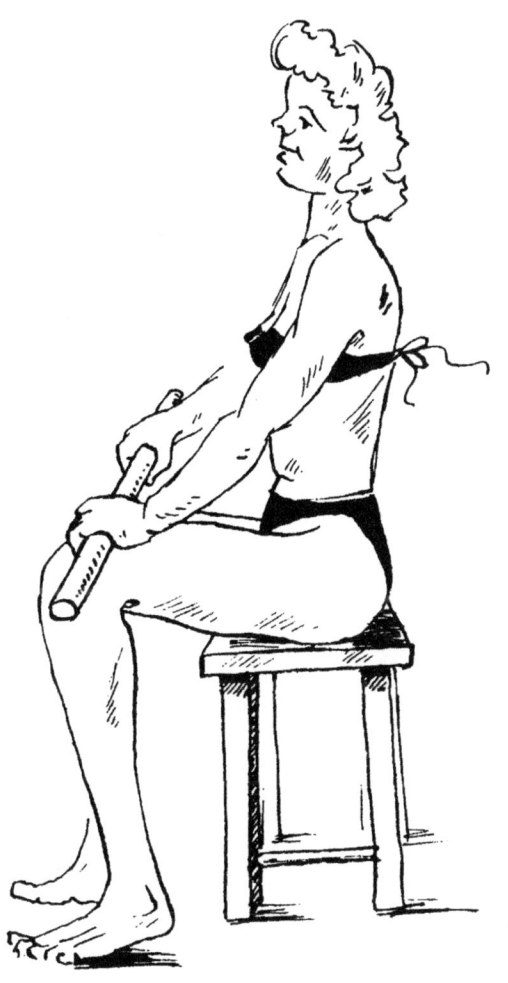

Physiotherapeutin beim »Figurerhalten«

Plötzlich wurden eines Tages alle verhaftet und ins Gefängnis gesteckt.

Die Gasleitung vor dem Haus der Massagepraxis war undicht geworden. Es musste alles wieder aufgegraben werden. Die Säcke mit dem schaurigen Inhalt wurden entdeckt.

Im Sakko eines Toten fanden sie eine Visitenkarte vom »Abortdeckelmasseur« Alois.

Und wenn sie nicht gestorben sind, sind sie heute noch vertrottelt!

Ende

Wo sind die Freunde geblieben?

Nachwort

Verbrechen, Maßlosigkeit und Gier lohnen sich nicht. Nur Fleiß und Einfühlungsvermögen führen zum Ziel. Die Berufswahl genau überlegen – nicht für jede Arbeit ist man geeignet.

Sehr auffallend ist die Tatsache, dass oft Menschen, die mit ihrem Leben nicht zurechtkommen, Heilberufe ergreifen. Es besteht hier der Verdacht, dass man dann über den Hilfe suchenden Patienten Macht ausüben will. Auch der »große« Verdienst steht oft im Vordergrund.

Alle, die ihren Heilberuf ehrlich und professionell ausüben, verdienen höchsten Respekt.

Biografie

Carl Laubersee wurde 1948 in Innsbruck/Österreich geboren. Er war 25 Jahre Rechtsträger einer privaten Krankenanstalt. Sie wurde kein einziges Mal behördlich beanstandet. Erste Hilfe und/oder notärztlicher Dienst war nie notwendig. Als Physiotherapeut, Mechanotherapeut, Heilmasseur und gewerblicher Masseur konnte Laubersee 35 Jahre Erfahrung sammeln. Als Vortragender an der Universitätsklinik, Lehrer und med. Journalist gab er sein Wissen weiter. Er verfasste zwölf Fach-/Sachbücher und über 100 Publikationen.